稼軒長短句卷之七

新荷葉

和趙德莊韻

人已歸來，杜鵑欲勸誰歸。綠樹如雲，等閒付與鶯飛。兔葵燕麥，問劉郎、幾度沾衣。翠屏幽夢，覺來水繞山圍。　有酒重攜，小園隨意芳菲。往日繁華，而今物是人非。春風半面，記當年、初識崔徽。南雲雁少，錦書無箇因依。

再和前韻

春色如愁，行雲帶雨纔歸。春意長閒，游絲盡日低飛。閒愁幾許，更晚風、特地吹衣。小窗人靜，棊聲似解重圍。　光景難攜，任他鶗鴂芳菲。細數從前，不應詩酒皆非。知音絃斷，笑淵明、空撫餘徽。停盃對影，待邀明月相依。

再題傅巖叟悠然閣

種豆南山，零落一頃爲萁。歲晚淵明，也吟

草盛苗稀風流剗地向尊前采菊題詩悠然忽見此山正繞東籬　千載襟期高情想像當時小閣橫空朝來翠撲人衣是中眞趣問騁懷遊目誰知無心出岫白雲一片孤飛

趙茂嘉趙晉臣和韻見約初秋訪悠然再用韻

物盛還衰眼看春葉秋萁貴賤交情翟公門外人稀酒酣耳熱又何須幽憤裁詩茂林脩竹小園曲逕疎籬　秋以爲期西風黃菊開時拄杖敲門任他顚倒裳衣去年堪笑醉題詩醒後方知而今東望心隨去鳥先飛

上巳日吳子似謂古今無此詞索賦

曲水流觴賞心樂事良辰蘭蕙光風轉頭天氣還新明眸皓齒看江頭有女如雲折花歸去綺羅陌上芳塵　能幾多春試聽

啼鳥殷勤，對景興懷，向來哀樂紛紛。且題醉墨，似蘭亭列敘時人。後之覽者，又將有感斯文。

徐思上巳乃子似生日因改定

曲水流觴，賞心樂事，亘辰今幾千年。風流禊事如新。明眸皓齒，看江頭、有女如雲。折花歸去，綺羅陌上芳塵。　綵竹紛紛，楊花飛鳥銜巾。爭似羣賢，茂林脩竹，蘭亭一觴一詠，亦足以暢敘幽情。淸歡未了，不如留住靑春。

御街行

無題

闌干四面山無數，供望眼、朝與暮。好風催雨過山來，吹盡一簾煩暑。紗厨如霧，簟紋如水，別有生涼處。　冰肌不受鉛華污，更旎旎、眞香聚。臨風一曲最妖嬌，唱得行雲且住。藕花都放，木犀開後，待與乘鸞去。

山中問盛復之提幹行期

花庵作信讀喚流鶯
花庵本作試

花庵卻作又

喚流

將愁歸去

祝英臺近
綠楊堤青草渡花片水流去百舌聲中喚起海棠睡斷腸幾點愁紅啼痕猶在多應怨夜來風雨別情苦馬蹄踏遍長亭歸期又成誤簾捲青樓回首在何處畫梁燕子雙雙能言不解相思一句
呈湘大家詞稿新丁筆

山城甲子冥冥雨。門外青泥路。杜鵑只是
等閑啼。莫被他催歸去。垂楊不語。行人去
後。也會風前絮。　情知夢裏尋鴝鵒玉殿
追班處。怕君不飲太愁生。不是苦留君住。
白頭笑我年年送客自嘆春江渡

祝英臺近

晚春　甲　花庵　草堂　總格

寶釵分。桃葉渡。煙柳暗南浦。怕上層樓。十
日九風雨。斷腸片片飛紅。都無人管。更誰
勸。啼鶯聲住。　鬢邊覷。應把花卜歸期。才
簪又重數。羅帳燈昏。哽咽夢中語。是他春
帶愁來。春歸何處。卻不解帶將愁去。

與客飲瓢泉。客以泉聲喧靜爲
問。余醉未及答。或者以蟬噪林
逾靜代對。意甚美矣。翌日爲賦
此詞以褒之。七　丁

水縱橫。山遠近。拄杖占千頃。老眼羞明。水
底看山影。試教水動山搖。吾生堪笑。似此

原唱已平常屬韵更不足觀

箇青山無定。一瓢飲，人問翁愛飛泉，來尋箇中靜，遶屋聲喧，怎做靜中境。我眠君且歸休，維摩方丈，待天女散花時問。

婆羅門引

別杜叔高叔高長於楚詞

丙

落花時節，杜鵑聲裏送君歸。未消文字湘纍。只怕蛟龍雲雨，後會渺難期。更何人念我，老大傷悲。　已而已而。算此意、只君知。記取岐亭買酒，雲洞題詩。爭如不見，纔相見、便有別離時。千里月、兩地相思。

用韻別郭逢道

丙

綠陰啼鳥，陽關未徹早催歸。歌珠悽斷纍纍。回首海山何處，千里共襟期。歎高山流水，絃斷堪悲。　中心悵而。似風雨、落花知。更擬停雲君去，細和陶詩。見君何日，待瓊林、宴罷醉歸時。人爭看、寶馬來思。

用韻荅傅先之時傅宰龍泉歸

龍泉佳處，種花滿縣却東歸。腰間玉若金

丁

纍須信功名富貴長與少年期悵高山流水古調今悲　臥龍暫而算天上有人知最好五十學易三百篇詩男兒事業看一日須有致君時端的了休便尋思

用韻荅趙晉臣敷文

不堪鵾鴂早教百草放春歸江頭愁殺吾纍却覺君侯雅句千載共心期便留春甚樂樂了須悲　瓊而素而被花惱只鷺知正要千鍾角酒五字裁詩江東日暮道繡斧人去未多時還又要玉殿論思

趙晉臣敷文張燈甚盛索賦偶憶舊游未章因及之

落星萬點一天寶焰下層霄人間疊作僊鼇最愛金蓮側畔紅粉裊花梢更鳴鼉擊鼓噴玉吹簫　曲江畫橋記花月可憐宵想見閒愁未了宿酒纔消東風搖蕩似楊柳十五女兒腰人共柳那箇無聊

千年調

開山徑得石壁因名曰蒼壁事出望外意天之所賜邪喜而賦

左手把青霓，右手挾明月。吾使豐隆前導，叫開閶闔。周遊上下，徑入寥天一。覽玄圃，萬斛泉，千丈石。　鈞天廣樂，燕我瑤之席。帝飲予觴甚樂，賜汝蒼壁。璘珣突兀，正在一邱壑。余馬懷，僕夫悲，下恍惚。

庶菴小閣名曰卮言作此詞以嘲之

卮酒向人時，和氣先傾倒。最要然然可可，萬事稱好。滑稽坐上，更對鴟夷笑。寒與熱，總隨人，甘國老。　少年使酒，出口人嫌拗。此個和合道理，近日方曉。學人言語，未會十分巧。看他門，得人憐，秦吉了。

粉蝶兒

和趙晉臣敷文賦落梅

昨日春如，十三女兒學繡。一枝枝、不教花瘦。甚無情，便下得、雨僝風僽。向園林、鋪作

地衣紅縐。而今春似輕薄蕩子難久。記前時送春歸後。把春波都釀作一江醇酎。約清愁楊柳岸邊相候。

千秋歲

金陵壽史帥致道時有版築役

塞垣秋草。又報平安好。尊俎上英雄表。金湯生氣象。珠玉霏譚笑。春近也。梅花得似人難老。　莫惜金尊倒。鳳詔看看到。留不住。江東小。從容帷幄去。整頓乾坤了。千百歲。從今盡是中書考。

江神子

和人韻

賸雲殘日弄陰晴。晚山明。小溪横。枝上綿蠻。休作斷腸聲。但是青山山下路。春到處。總堪行。　當年綵筆賦蕪城。憶平生。若爲情。試把靈槎。歸路問君平。花底夜深寒。較甚。須拚却。玉山傾。

又

梨花著雨晚來晴月朧明淚縱橫繡閣香
濃深鎖鳳簫聲未必人知春意思還獨自
遶花行　酒兵昨夜壓愁城太狂生轉關
情寫盡胸中磈磊未全平却與平章珠玉
價看醉裏錦囊傾

和陳仁和韻　甲

玉簫聲遠憶驂鸞幾悲歡帶羅寬且對花
前痛飲莫留殘歸去小窗明月在雲一縷
玉千竿　吴霜應點鬢雲斑綺窗閒夢連

環說與東風歸興有無間芳草姑蘇臺下
路和淚看小屏山

又　乙有題同前意

寶釵飛鳳鬢驚鸞望重歡水雲寬腸斷新
來翠被粉香殘待得來時春盡也梅結子
笋成竿　湘筠簾捲淚痕斑珮聲閒玉垂
環箇裏柔溫容我老其間却笑平生三羽
箭何日去定天山

和人韻　甲

梅梅柳柳鬬纖穠。亂山中。爲誰容。試著春衫依舊怯東風。何處踏青人未去。呼女伴。認驕驄。　兒家門戶幾重重。記相逢。畫樓東。明日重來風雨暗殘紅。可惜行雲春不管。裙帶褪。鬢雲鬆。

博山道中書王氏壁

一川松竹任橫斜。有人家。被雲遮。雪後疏梅。時見兩三花。比著桃源溪上路。風景好。不爭些。　旗亭有酒徑須賒。晚寒咱。怎禁他。醉裏匆匆歸騎自隨車。白髮蒼顏吾老矣。只此地。是生涯。

聞蟬蛙戲作

簟鋪湘竹帳籠紗。醉眠些。夢天涯。一枕驚回水底沸鳴蛙。借問喧天成鼓吹。良自苦。爲官哪。　心空喧靜不爭多。病維摩。意云何。掃地燒香且看散天花。斜日綠陰枝上噪。還又問。是蟬麽。

送元濟之歸豫章

丙集本缺注

亂雲擾擾水潺潺笑溪山幾時閒更覺桃源人去隔僊凡（桃源乃王氏酒壚與濟之作別處）萬壑千巖樓外雪瓊作樹玉爲欄　倦遊回首且加餐短篷寒畫圖閒見說嬌鞾擁髻待君看二月東湖湖上路官柳嫩野梅殘

賦梅寄余叔良

暗香橫路雪垂垂晚風吹曉風吹花意爭春先出歲寒枝畢竟一年春事了緣太早却成遲　未應全是雪霜姿欲開時未開時粉面朱唇一半點胭脂醉裏謗花花莫恨渾冷澹有誰知

別吳子似末寄潘德久

看君人物漢西都過吾廬笑談初便說公卿元自要通儒一自梅花開了後長怕說賦歸歟　而今別恨滿江湖怎消除算何如杖屨當時聞早放教疎今代故交新貴後渾不寄數行書

侍者請先生賦詞自壽

兩輪屋角走如梭。太忙些。怎禁他。擬倩何人天上勸羲娥。何似從容來少住。傾美酒。聽高歌。　人生今古不消磨。積教多。似塵沙。未必堅牢。剗地實堪嗟。莫道長生學不得。學得後。待如何。

和李能伯韻呈趙晉臣

五雲高處望西清。玉階升。棣華榮。築屋溪頭。樓觀畫難成。長夜笙歌還起問。誰放月又西沉。　家傳鴻寶舊知名。看長生。奉嚴宸。且把風流。水北畫耆英。咫尺西風詩酒社。石鼎句。要彌明。

青玉案

元夕

東風夜放花千樹。更吹落。星如雨。寶馬雕車香滿路。鳳簫聲動。玉壺光轉。一夜魚龍舞。　蛾兒雪柳黃金縷。笑語盈盈暗香去。衆裏尋它千百度。驀然迴首。那人却在。燈火闌珊處。

熱場中領略冷趣是別有懷抱底人

缺二字空格

感皇恩

滁州壽范倅

春事到清明十分花柳喚得笙歌勸君酒酒如春好春色年年依舊青春元不老君知否　席上看君竹清松瘦待與青春鬬長久三山歸路明日天香襟袖更持金盞起爲君壽

又

七十古來稀人人都道不是陰功怎生到

松姿雖瘦偏耐雪寒霜曉看君雙鬢底青青好　樓雪初晴庭闈嬉笑一醉何妨玉壺倒從今康健不用靈丹仙草更看一百歲人難老

慶嬸母王恭人七十

七十古來稀未爲希有須是榮華更長久滿牀靴笏羅列兒孫新婦精神渾似箇西王母　遥想畫堂兩行紅袖妙舞清歌擁前後大男小女逐箇出來爲壽一箇一百

歲一盃酒

讀莊子聞朱晦菴即世

案上數編書，非莊即老。會說忘言始知道，萬言千句，不自能忘，堪笑。今朝梅雨霽，青天好。 一壑一邱，輕衫短帽，白髮多時故人少。子雲何在，應有玄經遺草。江河流日夜，何時了。

壽鉛山陳丞及之

富貴不須論，公應自有，且把新詞祝公壽。

當年儒桂，父子同攀，希有人言，金殿上，他年又 冠冕在前，周公拜手，同日催班魯公後。此時人羨，綠鬢朱顏依舊，親朋來賀喜，休辭酒。

行香子

三山作

好雨當春，要趁歸耕，況而今已是清明。小窗坐地，側聽簷聲，恨夜來風，夜來月，夜來雲。 花絮飄零，鶯燕丁寧，怕妨儂湖上閒

行天心肯後費甚心情放霎時陰霎時雨霎時晴

山居客至

白露圍蔬碧水溪魚笑先生釣罷還鋤小窗高臥風展殘書看北山移盤谷序輞川圖　白飯青蒭赤腳長鬚客來時酒盡重沽聽風聽雨吾愛吾廬歎苦無心剛自瘦此君疎

博山戲呈趙昌甫韓仲止

少日嘗聞富不如貧貴不如賤者長存由來至樂總屬閒人且飲瓢泉弄秋水看停雲　歲晚情親老語彌真記前時勸我慇懃都休殢酒也莫論文把相牛經種魚法教兒孫

雲巖道中

雲岫如簪野漲挼藍向春闌綠醒紅酣青裙縞袂兩兩三三把麴生禪玉版局一時參　拄杖彎環過眼嵌巖岸輕烏白髮鬖

乙集本詞有記得同燒此夜香一首

紹熙元年公年五十一

鬖他年來種萬桂千杉聽小綿蠻新格磔舊呢喃

一剪梅

游蔣山呈葉丞相

獨立蒼茫醉不歸，日暮天寒，歸去來兮。探梅踏雪幾何時，今我來思，楊柳依依。白石岡頭曲岸西，一片閒愁，芳草萋萋。多情山鳥不須啼，桃李無言，下自成蹊。

中秋無月

憶對中秋丹桂叢，花在盃中，月在盃中。今宵樓上一尊同，雲溼紗窗，雨溼紗窗。渾欲乘風問化工，路也難通，信也難通。滿堂惟有燭花紅，盃且從容，歌且從容。

踏莎行

庚戌中秋後二夕帶湖篆岡小酌

夜月樓臺，秋香院宇，笑吟吟地人來去。是誰秋到便淒涼，當年宋玉悲如許。隨分

别调有趣

盃盤等閑歌舞問他有甚堪悲處思量却也有悲時重陽節近多風雨

賦木犀

弄影闌干吹香嵓谷枝枝點點黃金粟未堪收拾付薰爐窗前且把離騷讀　奴僕葵花兒曹金菊一秋風露清涼足傍邊只欠箇姮娥分明身在蟾宮宿

賦稼軒集經句

進退存亡行藏用舍小人請學樊須稼衡門之下可棲遲日之夕矣牛羊下　去衛靈公遭桓司馬東西南北之人也長沮桀溺耦而耕丘何爲是栖栖者

和趙國興知錄韻

吾道悠悠憂心悄悄最無聊處秋光到西風林外有啼鴉斜陽山下多衰草　長憶商山當年四老塵埃也走咸陽道爲誰書到便幡然至今此意無人曉

稼軒長短句卷之七終

稼軒長短句卷之八

定風波

少日春懷似酒濃插花走馬醉千鍾老去逢春如病酒唯有茶甌香篆小簾櫳 卷盡殘花風未定休恨花開元自要春風試問春歸誰得見飛燕來時相遇夕陽中

大醉歸自葛園家人有痛飲之戒故書于壁

昨夜山翁倒載歸兒童應笑醉如泥試與扶頭渾未醒休問夢魂猶在葛家溪 欲覓醉鄉今古路知處温柔東畔白雲西起向綠窗高處看題徧劉伶元自有賢妻

用藥名招婺源馬荀仲游雨喦馬善醫

山路風來草木香雨餘涼意到胡牀泉石膏肓吾已甚多病隄防風月費篇章 孤負尋常山簡醉獨自故應知子草玄忙湖海早知身汗漫誰伴只甘松竹共凄涼

藥名

庂月高寒水石鄉倚空青碧對禪房白髮
自憐心似鐵風月史君子細與平章　平
昔生涯筇竹杖來往却慚沙鳥笑人忙便
好謄留黃絹句誰賦銀鈎小草晚天涼

施樞密聖與席上賦

春到蓬壺特地晴神仙隊裏相公行翠玉
相挨呼小字須記笑簪花底是飛瓊　總
是傾城來一處誰妬誰攜歌舞到園亭柳
妬腰肢花妬艶聽看流鶯直是妬歌聲

席上送范先之游建鄴

聽我尊前醉後歌人生無奈別離何但使
情親千里近須信無情對面是山河　寄
語石頭城下水居士而今渾不怕風波借
使未成鷗鷺伴經慣也應學得老漁蓑

三山送盧國華提刑約上元重
來

少日猶堪話別離老來怕作送行詩極目

南雲無過雁君看梅花也解寄相思　無限江山行未了父老不須和淚看旌旗後會丁甯何日是須記春風十里放燈時

用韻時國華置酒歌舞甚盛

莫望中州歎黍離元和盛德要君詩老去不堪誰似我歸卧青山活計費尋思　誰築詩壇高十丈直上看君斬將更搴旗歌舞正濃還有語記取鬢髯不似少年時

自和

金印纍纍佩陸離河梁更賦斷腸詩莫擁旌旗眞箇去何處玉堂元自要論思　且約風流三學士同醉春風看試幾槍旗從此酒酣明月夜耳熱那邊應是說儂時

賦杜鵑花

百紫千紅過了春杜鵑聲苦不堪聞却解啼教春小住風雨空山招得海棠魂　恰似蜀宮當日女無數猩猩血染赭羅巾畢竟花開誰作主記取大都花屬惜花人

乾道六年十二月張栻除知嚴州試吏部侍郎
淳熙二年乙未南軒知廣
西經略安撫使

再用韻和趙晉臣敷文

野草閒花不當春杜鵑却是舊知聞謾道不如歸去住梅雨石榴花又是離魂　前殿羣臣深殿女■數赭袍一點萬紅巾莫問興亡今幾主聽取花前毛羽已羞人

破陣子

爲范南伯壽時南伯爲張南軒辟宰盧溪南伯遲遲未行因作此詞以勉之

擲地劉郎玉斗挂帆西子扁舟千古風流今在此萬里功名莫放休君王三百州　燕雀豈知鴻鵠貂蟬元出兜鍪却笑盧溪如斗大肯把牛刀試手不壽君雙玉甌

爲陳同甫賦壯詞以寄之

醉裏挑燈看劍夢回吹角連營八百里分麾下炙五十絃翻塞外聲沙場秋點兵　馬作的盧飛快弓如霹靂弦驚了却君王天下事贏得生前身後名可憐白髮生

贈行

少日春風滿眼，而今秋葉辭柯。便好消磨心下事，也憶尋常醉後歌。新來白髮多。

明日扶頭顛倒，倩誰伴舞婆娑。我定思君拚瘦損，君不思兮可柰何。天寒將息呵。

趙晉臣敷文幼女縣主覓詞

菩薩蔡中惠眼頑人詩裏娥眉天上人間眞福相畫就描成好靨兒行時嬌更遲

勸酒偏他最劣笑時猶有些痴更著十年君看取兩國夫人更是誰殷勤秋水詞

峽石道中有懷吳子似縣尉

宿麥畦中雉雊柔桑陌上蠶生騎火須防花月暗玉唾長攜綵筆行隔牆人笑聲

莫說弓刀事業依然詩酒功名千載圖中今古事萬石溪頭長短亭（時修圖經築亭堠）小塘風浪平

臨江仙

探梅

老去惜花心已嬾愛梅猶遶江村一枝先破玉溪春更無花態度全是雪精神　臘向靑山餐秀色爲渠著句淸新竹根流水帶溪雲醉中渾不記歸路月黃昏

醉宿崇福寺寄祐之弟祐之以僕醉先歸

莫向空山吹玉笛壯懷酒醒心驚四更霜月太寒生被翻紅錦浪酒滿玉壺冰　小陸未須臨水笑山林我輩鍾情今宵依舊醉中行試尋殘菊處中路候淵明

再用韻送祐之弟歸浮梁

鍾鼎山林都是夢人間寵辱休驚只消閒處過平生酒盃秋吸露詩句夜裁冰　記取小窗風雨夜對牀燈火多情問誰千里伴君行曉山眉樣翠秋水鏡般明

又

小靨人憐都惡瘦曲眉天與長顰沉思歡事惜腰身枕添離別淚粉落卻深勻　翠

袖盈盈渾力薄玉笙嫋嫋愁新夕陽依舊倚窗塵葉紅苔鬱碧深院斷無人

又

逗曉鸎啼聲呢呢掩關高樹冥冥小渠春浪細無聲井床聽夜雨出蘚轆轤青　碧草旋荒金谷路烏絲重記蘭亭彊扶殘醉遶雲屏一枝風露溼花重入疎櫺

即席和韓南澗韻

風雨催春寒食近平原一片丹青溪頭喚渡柳邊行花飛蝴蝶亂桑嫩野蠶生　綠野先生閒袖手却尋詩酒功名未知明日定陰晴今宵成獨醉却笑衆人醒

爲岳母壽

住世都知菩薩行仙家風骨精神壽如山岳福如雲金花湯沐誥竹馬綺羅羣　更願昇平添喜事大家禱祝殷勤明年此地慶佳辰一盃千歲酒重拜太夫人

和信守王道夫韻謝其爲壽時

僕作閩憲

記取年年爲壽客只今明月相隨莫教絃管便生衣引壺觴自酌須富貴何時　入手淸風詞更好細書白璽烏絲海山問我幾時歸棗瓜如可啖直欲覓安期

又

春色饒君白髮了不妨倚綠偎紅翠鬟催　睡喚出房櫳垂肩金縷窄醮甲寶杯濃　睡起鴛鴦飛燕子門前沙暖泥融畫樓人把

玉西東舞低花外月唱徹柳邊風

又

金谷無煙宮樹綠嫩寒生怕春風博山微透暖薰籠小樓春色裏幽夢雨聲中　別浦鯉魚何日到錦書封恨重重海棠花下去年逢也應隨分瘦忍淚覓殘紅

戲爲期思詹老壽

手種門前烏桕樹而今千尺蒼蒼田園只是舊耕桑盃盤風月夜簫鼓子孫忙　七

十五年無事客不妨兩鬢如霜綠窗剗地調紅粧更從今日醉三萬六千場

又

手撚黃花無意緒。等閒行盡回廊。捲簾芳桂散餘香。枯荷難睡鴨。疏雨暗添塘。憶得舊時攜手處。如今水遠山長。羅巾浥淚別殘粧。舊歡新夢裏。閒處却思量。

和葉仲洽賦羊桃

憶醉三山芳樹下幾曾風韻忘懷黃金顏色五花開味如盧橘熟貴似荔枝來　聞道商山餘四老橘中自釀秋醅試呼名品細推排重重香腑腑偏殢聖賢盃

又

冷雁寒雲渠有恨春風自滿余懷更教無日不花開未須愁菊盡相次有梅來　多病近來渾止酒小槽空壓新醅青山卻自要安排不須連日醉且進兩三盃

侍者阿錢將行賦錢字以贈之

寧宗嘉泰二年也 按此上推六十三年當生於紹興十年庚申

一自酒情詩興嬾舞裙歌扇闌珊好天良夜月團團杜陵眞好事留得一錢看 歲晚人欺程不識怎教阿堵留連楊花榆筴雪漫天從今花影下只看綠苔圓

諸葛元亮席上見和再用韻

夜語南堂新瓦響三更急雨珊珊交情莫作碎沙團死生貧富際試向此中看 記取他年耆舊傳與君名字牽連清風一枕晚涼天覺來還自笑此夢倩誰圓

壬戌歲生日書懷

六十三年無限事從頭悔恨難追已知六十二年非只應今日是後日又尋思 少是多非惟有酒何須過後方知從今休似去年時病中留客飲醉裏和人詩

再用圓字韻

窄樣金盃教換了房櫳試聽珊珊莫教秋扇雪團團古今悲笑事長付後人看 記取桔槔春雨後短畦菊艾相連拙於人處

蒼壁初開傍閑遇賓客有未觀者，甚於積翠清風岩石玲瓏之勝，既見之，乃獨吾足究而止，此大笑而去，主人翻下一轉語看蒼壁解嘲

巧於天君看流水地難得正方圓

戲爲山園蒼壁解嘲

莫笑吾家蒼壁小稜層勢欲摩空相知惟有主人翁有心雄泰華無意巧玲瓏 天作高山誰得料解嘲試倩楊雄君看當日仲尼窮從人賢子貢自欲學周公

簪花屢墮戲作

鼓子花開春爛漫荒園無限思量今朝拄杖過西鄉急呼桃葉渡爲看牡丹忙 不管昨宵風雨橫依然紅紫成行白頭陪奉少年場一枝簪不住推道帽簷長

又

醉帽吟鞭花不住却招花共商量人生何必醉爲鄉從教斟酒淺休更和詩忙 一斗百篇風月地饒他老子當行從今三萬六千場青青頭上髮還作柳絲長

昨日得家報牡丹漸開連日少雨多晴常年未有僕留龍安蕭

寺諸君亦不果來豈牡丹留不住爲可恨耶因取來韻爲牡丹下一轉語

秖恐牡丹留不住與春約束分明未開微雨半開晴要花開定準又更與花盟　魏紫朝來將進酒玉盤盂樣先呈輕紅似向舞腰横風流人不見錦繡夜間行

又

老去渾身無著處天教只住山林百年光

景百年心更歡須歎息無病也呻吟　試向浮瓜沉李處清風散髮披襟莫嫌淺後更頻斟要他詩句好須是酒盃深

停雲偶作

偶向停雲堂上坐曉猿夜鶴驚猜主人何事太塵埃低頭還說向被召又重來　多謝北山山下老殷勤一語佳哉借君竹杖與芒鞋徑須從此去深入白雲堆

蝶戀花

和趙景明知縣韻

老去怕尋年少伴，畫棟珠簾風月無人管。公子看花朱碧亂，新詞攪斷相思怨。　涼夜愁腸千百轉，一雁西風錦字何時遣。畢竟啼烏才思短，喚回曉夢天涯遠。

和楊濟翁韻首句用丘宗卿書中語

點檢笙歌多釀酒，蝴蝶西園暖日明花柳。醉倒東風眠錦晝，覺來小院重攜手。　可惜春殘風雨又，收拾情懷閒把詩僝僽。楊柳見人離別後，腰肢近日和他瘦。

繼楊濟翁韻餞范南伯知縣歸京口

淚眼送君傾似雨，不折垂楊只倩愁隨去。有底風光留不住，煙波萬頃春江艣。　老馬臨流癡不渡，應惜障泥忘了尋春路。身在稼軒安穩處，書來不用多行數。

席上贈楊濟翁侍兒

花庵樓作城

花庵鈄陽作斜陽

小小年華才月半羅幕春風幸自無人見剛道羞郎低粉面傍人暫見回嬌盼 昨夜西池陪女伴柳困花慵見說歸來晚勸客持觴渾未慣未歌先覺花枝顫

用趙文鼎提舉送李正之提刑韻送鄭元英 乙 花庵題作別意

莫向樓頭聽漏點說與行人默默情千萬總是離愁無近遠人間兒女空恩怨 錦繡心胸冰雪面舊日詩名曾道空梁燕傾蓋未償平日願一盃早唱陽關勸

客有燕語鶯啼人乍遠之句用爲首句

燕語鶯啼人乍遠却恨西園依舊鶯和燕笑語十分愁一半翠園特地春光暖 只道書來無過雁不道柔腸近日無腸斷柄玉莫搖湘淚點怕君喚作秋風扇

送祐之弟 甲 花庵

衰草斜陽三萬頃不算飄零天外孤鴻影

戊申元日立春席間作

長

幾許淒涼須痛飲、行人自向江頭醒。會少離多看兩鬢、萬縷千絲、何況新來病。不是離愁難整頓、被他引惹其他恨。

元日立春　乙

花庵有戊申二字　草堂

誰向椒盤簪綵勝、整整韶華、爭上春風鬢。往日不堪重記省、為花常把新春恨。春未來時先借問、晚恨開遲、早又飄零近。今歲花期消息定、只愁風雨無憑準。

月下醉書雨巖石浪

九畹芳菲蘭佩好、空谷無人、自怨蛾眉巧。寶瑟泠泠千古調、朱絲絃斷知音少。冉冉年華吾自老、水滿汀洲、何處尋芳草。喚起湘纍歌未了、石龍舞罷松風曉。

用前韻送人行　乙

意態憨生元自好、學畫鴉兒、舊日偏他巧。蜂蝶不禁花引調、西園人去春風少。春已無情秋又老、誰管閒愁、千里青青草。今夜倩簪黃菊了、斷腸明日霜天曉。

又

洗盡機心隨法喜、看取尊前、秋。思如春。意。誰與先生寬髮齒、醉時惟有歌而已。歲月何須溪上記、千古黃花、自有淵明比、高臥石龍呼不起、微。風不。動天如。醉。

又

何物能令公怒喜、山要人來、人要山無意。恰似哀箏絃下齒、千情萬意無時已。自要溪堂韓作記今代機雲好語花難比老眼狂花空處起銀鉤未見心先醉

小重山

席上和人韻送李子永提幹

旋製離歌唱未成陽關先畫出柳邊亭中年懷抱管絃聲難忘處風月此時情 夜雨共誰聽儘教清夢去兩三程商量詩價重連城相如老漢殿舊知名

三山與客泛西湖

綠漲連雲翠拂空十分風月處著衰翁垂

楊影斷岸西東君恩重教且種芙蓉　十里氷晶宮有時騎馬去笑兒童殷勤却謝打頭風船兒住且醉浪花中

茉莉

倩得薰風染綠衣國香收不起透冰肌暑開些箇未多時窗兒外却早被人知　越惜越嬌癡一枝雲鬢上那人宜莫將他去比荼蘼分明是他更韻些兒

南鄉子

無題

隔戶語春鶯纔掛簾兒斂袂行漸見凌波羅襪步盈盈隨笑隨顰百媚生　著意聽新聲盡是司空自教成今夜酒腸難道窄多情莫放紗籠蠟炬明

舟中記夢

欹枕艣聲邊貪聽咿啞聒醉眠夢裏笙歌花底去依然翠袖盈盈在眼前　別後兩眉尖欲說還休夢已闌只記埋寃前夜月

相看不管人愁獨自圓

慶前岡周氏旌表

無處著風光天上飛來詔十行父老歡呼童稚舞前岡千載周家孝義鄉　草木盡芬芳更覺溪頭水也香我道烏頭門側畔諸郎準備他年晝錦堂

送趙國宜赴高安戶曹 趙乃茂嘉郎中之子茂嘉常爲高安幕官題詩甚多

日日老萊衣更解風流蠟鳳嬉膝上放教文度去須知要使人看玉樹枝　剩記乃翁詩綠水紅蓮覓舊題歸騎春衫花滿路相期來歲流觴曲水時

登京口北固亭有懷

何處望神州滿眼風光北固樓千古興亡多少事悠悠不盡長江滾滾流　年少萬兜鍪坐斷東南戰未休天下英雄誰敵手曹劉生子當如孫仲謀

稼軒長短句卷之八終

稼軒長短句卷之九

鷓鴣天

離豫章别司馬漢章大監

聚散匆匆不偶然二年歷遍楚山川但將痛飲酬風月莫放離歌入管絃　縈綠帶點青錢東湖春水碧連天明朝放我東歸去後夜相思月滿船

和張子志提舉

别後粧成白髮新空教兒女笑陳人醉尋夜雨旗亭酒夢斷東風輦路塵　騎騄駬籋青雲看公冠佩玉階春忠言句句唐虞際便是人間要路津

又

樽俎風流有幾人當年未遇已心親金陵種柳歡娛地庾嶺逢梅寂寞濵　樽似海筆如神故人南北一般春玉人好把新粧樣淡畫眉兒淺注唇

代人賦

晚日寒鴉一片愁柳塘新綠却溫柔若教眼底無離恨不信人間有白頭 腸已斷淚難收相思重上小紅樓情知已被雲遮斷頻倚闌干不自由

又

陌上柔桑破嫩芽東鄰蠶種已生些平岡細草鳴黃犢斜日寒林點暮鴉 山遠近路橫斜青旗沽酒有人家城中桃李愁風雨春在溪頭薺菜花

又

撲面征塵去路遙香篝漸覺水沉銷山無重數週遭碧花不知名分外嬌 人歷歷馬蕭蕭旌旗又過小紅橋愁邊剩有相思句搖斷吟鞭碧玉梢

又

唱徹陽關淚未乾功名餘事且加餐浮天水送無窮樹帶雨雲埋一半山 今古恨幾千般只今離合是悲歡江頭未是風波

花庵作桑初破　條初破　野薺　山　乙有題同前方 花庵　花庵題作東陽道中　花庵牯作枊　送人　甲有題　頗疑是悲歡之是字當作足字但諸本中作是

花庵誤作怨

寺　鄉

惡別有人間行路難。

鷲湖道中　甲

一榻清風殿影涼，涓涓流水響回廊。千章雲木鈎輈叫，十里溪風䆉稏香。　衝急雨，趁斜陽，山園細路轉微茫。倦途却被行人笑，只爲林泉有底忙。

鷲湖歸病起作　甲　花庵題作秋云

枕簟溪堂冷欲秋，斷雲依水晚來收。紅蓮相倚渾如醉，白鳥無言定自愁。　書咄咄，且休休，一邱一壑也風流。不知筋力衰多少，但覺新來嬾上樓。

又

指點齋尊特地開，風帆莫引酒船回。方驚共折津頭柳，却喜重尋嶺上梅。　催月上，喚風來，莫愁瓶罄恥金罍。只愁畫角樓頭起，急管哀絃次第催。

又　乙有題鷲湖歸病起作　花庵題作春行　草堂題同花庵

著意尋春嬾便回，何如信步兩三盃。山纔

鵝湖归病起作

明日醒時奈病何

好處行還倦詩未成時雨早去聲催 攜竹杖更芒鞋朱朱粉粉野蒿開誰家寒食歸甯女笑語柔桑陌上來

又 甲 有题

翠木千尋上薜蘿東湖經雨又增波只因買得青山好却恨歸來白髮多 明畫燭洗金荷主人起舞客齊歌醉中只恨歡娛少無奈明朝酒醒何

又

困不成眠奈夜何情知歸未轉愁多暗將往事思量遍誰把多情惱亂他 些底事誤人哪不成眞箇不思家嬌癡却妬香香睡喚起醒鬆說夢些

鄭守厚卿席上謝余伯山用其韻

夢斷京華故倦游只今芳草替人愁陽關莫作三疊唱越女應須爲我留 看逸韻自名流青衫司馬且江州君家兄弟眞堪

春　音　句

笑箇箇能修五鳳樓

和人韻有所贈 丁

趁得西風汗漫遊見他歌後怎生愁事如芳草春長在人似浮雲影不留　眉黛斂眼波流十年薄倖謾揚州明朝短棹輕衫夢只在溪南罨畫樓

徐衡仲撫幹惠琴不受 乙

千丈陰崖百丈溪孤桐枝上鳳偏宜玉香落落雖難合横理庚庚定自奇山谷聽摘阮歌云玄璧庚庚有橫理人散後月明時試彈幽憤淚空垂不如却付騷人手留和南風解慍詩

用前韻和趙文鼎提舉賦雪 乙

莫上扁舟訪剡溪淺斟低唱正相宜從教犬吠千家白且與梅成一段奇　香暖處酒醒時畫簷玉筯已偷垂笑君解釋春風恨倩拂蠻箋只費詩

重九席上 作 丁

戲馬臺前秋雁飛管絃歌舞更旌旗要知

戲馬臺前秋雁飛管絃歌舞更廷旗要知

重九席上

恨情拂鬢暖只費詩

酒醒時畫鶯王飾已倫垂笑君解釋春風

大吠千家白且與梅成一段奇　香暖處

莫上扁舟訪剡溪後期低問正相宜從教

用前韻和趙文鼎提舉賦雪

垂不如却付騷人手留和商風解慍詩

有譴撒溪理溪　人散後月明時試彈幽憤淚空

卷九　王四印齋

落落雖難合橫理庾疾定自奇　阮山谷歌云聽立摘

千丈陰崖百丈溪孤桐枝上鳳偏宜王香

徐衡仲撫幹惠琴不受

夢只在溪南罷畫樓

眼波流十年薄倖謾揚州明朝遊棹輕衫

芳草春長在人似浮雲影不留　眉黛斂

恐得西風汗漫遊見他歌後怎生愁事如

和人韻有所贈

笑箇箇能修五鳳樓

黃菊清高處不入當年二謝詩　傾白酒遶東籬只於陶令有心期明朝九日渾瀟灑莫使尊前欠一枝

又

有甚閒愁可皺眉老懷無緒自傷悲百年旋逐花陰轉萬事長看鬢髮知　溪上枕竹間棊怕尋酒伴懶吟詩十分筋力誇彊健只比年時病起時

送范先之秋試

白苧千袍入嫩涼春蠶食葉響迴廊禹門已準桃花浪月殿先收桂子香　鵬北海鳳朝陽又攜書劍路茫茫明年此日青雲上却笑人間舉子忙

又

一夜清霜變鬢絲怕愁剛把酒禁持玉人今夜相思不想見頻將翠枕移　眞箇恨未多時也應香雪減些兒菱花照面須頻記曾道偏宜淺畫眉

黃菊清高處不入當年二謝詩　傾白酒
遶東籬只於陶令有心期明朝九日渾瀟
灑莫使尊前欠一枝

又

有甚閒愁可皺眉老懷無緒自傷悲百年
旋逐花陰轉萬事長看鬢髮知　溪上枕
竹間棋怕尋酒伴懶吟詩十分筋力誇強
健只比年時病起時

送范先之秋試

白苧千袍入嫩涼春蠶食葉響迴廊禹門
已準桃花浪月殿先收桂子香　鵬北海
鳳朝陽又攜書劍路茫茫明年此日青雲
上却笑人間舉子忙

又

一夜清霜變鬢絲怕愁剛把酒禁持玉人
今夜相思不想見頻將翠枕移　真個恨
未多時也應香雪減些兒菱花照面須頻
記曾道偏宜淺畫眉

送歐陽國瑞入吳中

莫遣春陰上馬遲。春來未有不陰時。人情輾轉閒中看。客路崎嶇倦後知。　梅似雪柳如絲。試聽別語慰相思。短蓬炊飯鱸魚熟。除卻松江枉費詩。

又

木落山高一夜霜。北風驅雁又離行。無言每覺情懷好。不飲能令興味長。　頻聚散試思量。爲誰春草夢池塘。中年長作東山恨。莫遣離歌苦斷腸。

席上再用韻

水底明霞十頃光。天教鋪錦襯鴛鴦。最憐楊柳如張緒。卻笑蓮花似六郎。　方竹簟小胡牀。晚來消得許多涼。背人白鳥都飛去。落日殘鴉更斷腸。

石門道中

山上飛泉萬斛珠。懸崖千丈落鼪鼯。已通樵逕行還礙。似有人聲聽卻無。　閒略彴去認是翁來卻過橋。

送元濟之歸豫章

敧枕婆娑兩鬢霜。起聽簷溜碎喧江。那邊玉筯銷啼粉。這裏車輪轉別腸。詩酒社。水雲鄉。可堪醉墨幾淋浪。畫圖恰似歸家夢。千里河山寸許長。

尋菊花無有戲作

掩鼻人間臭腐場。古今惟有酒偏香。自從來住雲煙畔。直到而今歌舞忙。呼老伴。

共秋光。黃花何處避重陽。要知爛熳開時節。直待西風一夜霜。

席上吳子似諸友見和再用韻答之

翰墨諸公久擅場。胸中書傳許多香。都無絲竹銜盃樂。卻有龍蛇落筆忙。閒意思。老風光。酒徒今有幾高陽。黃花不怯西風冷。只怕詩人兩鬢霜。

又

壬子作

壬子作 二首 此二首既次前韻即知前詞亦同時作

自古高人最可嗟。只因疎嬾取名多。居山一似庚桑楚，種樹眞成郭槖駞。 雲子飯，水晶瓜，林間攜客更烹茶。君歸休矣吾忙甚，要看蜂兒晚趁衙。

三山道中

抛却山中詩酒窠，却來官府聽笙歌。閒愁做弄天來大，白髮栽埋日許多。 新劍戟，舊風波，天生予嬾柰予何。此身已覺渾無事，却教兒童莫恁麽。

又

點盡蒼苔色欲空，竹籬茅舍要詩翁。花餘歌舞歡娛外，詩在經營慘澹中。 聽軟語，笑衰容，一枝斜墜翠鬟鬆。淺顰深笑誰堪醉，看取蕭然林下風。

用前韻賦梅三山梅開時猶有青葉予時病齒

病繞梅花酒不空，齒牙牢在莫欺翁。恨無飛雪青松畔，却放疎花翠葉中。 冰作骨

自古高人最可嗟只因疎懶取名多居山
一似庚桑楚種樹眞成郭橐駝　雲子飯
水晶瓜林間攜客更烹茶君歸休矣吾忙
甚要看蜂兒趁晚衙

三山道中

拋却山中詩酒窠却來官府聽笙歌閒愁
做弄天來大白髮栽埋日許多　新劍戟
舊風波天生予懶奈予何此身已覺渾無
事却教兒童莫恁麼

點盡蒼苔色欲空竹籬茅舍要詩翁花餘
歌舞歡娛外詩在經營慘澹中　聽軟語
笑衰容一枝斜墜素鬟深笑誰堪
醉看取蕭然林下風

用前韻賦梅三山梅開時猶有
青葉予吟病齒

病繞梅花酒不空齒牙牢在莫嫌翁恨無
飛雪青松畔却放疎花翠葉中　冰作骨

玉爲容常年宮額鬢雲鬆直須爛醉燒銀燭橫笛難堪一再風

又

桃李漫山過眼空也宜惱損杜陵翁若將玉骨冰姿比李蔡爲人在下中。尋驛使奇芳容壠頭休妝馬蹄鬆吾家籬落黃昏後剩有西湖處士風

有感

出處從來自不齊後車方載太公歸誰知

寂寞空山裏却有高人賦采薇　黃菊嫩晚香枝一般同是采花時蜂兒辛苦多官府蝴蝶花間自在飛

讀淵明詩不能去手戲作小詞以送之

晚歲躬耕不怨貧隻雞斗酒聚比鄰都無晉宋之間事自是羲皇以上人　千載後百篇存更無一字不清眞若教王謝諸郎在未抵柴桑陌上塵

慶元四年五十九歲

又

鬢底青青無限春。落紅飛雪謾紛紛。黃花也伴秋光老，何似尊前見在身。書萬卷，筆如神。眼看同輩上青雲。箇中不許兒童會，只恐功名更逼人。

戊午拜復職奉祠之命

老退何曾說著官。今朝放罷上恩寬。便支香火眞祠俸，更綴文書舊殿班。扶病腳，洗衰顏。快從老病借衣冠。此身忘世渾容易，使世相忘卻自難。

和趙晉臣敷文韻

綠鬢都無白髮侵。醉時拈筆越精神。愛將蕪語追前事，更把梅花比那人。回急雪，遏行雲。近時歌舞舊時情。君侯要識誰輕重，看取金杯幾許深。

和傅先之提舉賦雪

泉上長吟我獨清。喜君來共雪爭明。已驚並水鷗無色，更怪行沙蟹有聲。添爽氣動雄情奇，因六出憶陳平，却嫌鳥雀投林去，觸破當樓雲母屏。

博山寺作

不向長安路上行，却教山寺厭逢迎。味無味處求吾樂，材不材間過此生。甯作我，豈其卿。人間走遍却歸耕。一松一竹眞朋友，山鳥山花好弟兄。

不寐

老病那堪歲月侵，霎時光景值千金。一生

不負溪山債，百藥難醫書史淫。隨巧拙，任浮沉，人無同處面如心。不妨舊事從頭記，要寫行藏入笑林。

有客慨然談功名，因追念少年時事，戲作

壯歲旌旗擁萬夫，錦襜突騎渡江初。燕兵夜娖（側角切）銀胡䩮，漢箭朝飛金僕姑。追往事，歎今吾，春風不染白髭鬚。却將萬字平戎策，換得東家種樹書。

祝良顯家牡丹一本百朵 丙

占斷雕欄只一株春風費盡幾工夫天香夜染衣猶溼國色朝酣醉未蘇　嬌欲語巧相扶不妨老幹自扶疎恰如翠幙高堂上來看紅衫百子圖

丙 賦牡丹主人以謗花索賦解嘲

翠葢牙籤數百株楊家姊妹夜游初五花結隊香如霧一朵傾城醉未蘇　閒小立困相扶夜來風雨有情無愁紅慘綠今宵看恰似吳宮教陣圖

再賦 丙

濃紫深黃一畫圖中間更有玉盤盂先裁翡翠裝成葢更點胭脂染透酥　香瀲灩錦模糊主人長得醉工夫莫攜弄玉欄邊去羞得花枝一朵無

又 丁

丁集此首在下首之後明一紙

去歲君家把酒盃雪中曾見牡丹開而今紈扇薰風裏又見疎枝月下梅　歡幾許

醉方囘明朝歸路有人催低聲待向他家道帶得歌聲滿耳來

壽吳子似縣尉時攝事城中

上巳風光好放懷故人猶未看花囘茂林映帶誰家竹曲水流傳第幾盃　摛錦繡寫瓊瑰長年富貴屬多才要知此日生男好曾有周公祓禊來

寄葉仲洽

是處移花是處開古今興廢幾池臺背人

翠羽偷魚去抱蕊黃鬚趁蝶來　掀老甕撥新醅客來且盡兩三盃日高盤饌供何晚市遠魚鮭買未囘

登一邱一壑偶成

莫殢春光花下遊便須準備落花愁百年雨打風吹却萬事三平二滿休　將擾擾付悠悠此生於世百無憂新愁次第相抛舍要伴春歸天盡頭

和吳子似山行韻

欲上高樓本避愁愁還隨我上高樓經行
幾度江山改多少親朋盡白頭　歸休去
去歸休不成人總要封侯浮雲出處元無
定得似浮雲也自由
一片歸心擬亂雲春來諳盡惡黃昏不堪
向晚簷前雨又待今宵滴夢魂　爐燼冷
鼎香氛酒寒誰遣為重溫何人柳外橫
羌笛客耳那堪不忍聞
右二首見吳訥百家詞稼軒丁集

誰共春光管日華朱朱紛紛野蒿花閒愁投老無多子酒病而今較減些　山遠近路橫斜正無聊處管絃譁去年醉處猶能記細數溪邊第幾家

過峽石用韻答吳子似

歎息頻年廪未高新詞空賀此巨遭遙知醉帽時時落見說吟鞭步步搖　乾玉唾禿錐毛只今明月費招邀最憐烏鵲南飛句不解風流見二喬

吳子似過秋水

秋水長廊水石間有誰來共聽潺潺羨君人物東西晉分我詩名大小山　窮自樂晚方閒人間路窄酒盃寬看君不了癡兒事又似風流靖長官

和章泉趙昌父

萬事紛紛一笑中淵明把菊對秋風細看爽氣今猶在惟有南山一似翁　情味好語言工三賢高會古來同誰知止酒停雲

韓仲止澗泉詩餘有和章

以下三首皆甲子乙丑間作

開禧元年公年六十八

老、獨立斜陽數過鴻。

瑞鷓鴣

京口有懷山中故人

暮年不賦短長詞、和得淵明數首詩。君自不歸歸甚易、今猶未足足何時。　偷閒定向山中老、此意須教鶴輩知、聞道只今秋水上、故人曾榜北山移。

京口病中起登連滄觀偶成

聲名少日畏人知、老去行藏與願違、山草舊曾呼遠志、故人今有寄當歸。　何人可覓安心法、有客來觀杜德機、卻笑使君那得似、清江萬頃白鷗飛。

又

膠膠擾擾幾時休、一出山來不自由、秋水觀中山月夜、停雲堂下菊花秋。　隨緣道理應須會、過分功名莫強求、先（去聲）自一身愁不了、那堪愁上更添愁。

乙丑奉祠歸舟次餘干賦

江頭日日打頭風。憔悴歸來邴曼容。鄭賈正應求死鼠，葉公豈是好眞龍。　孰居無事陪犀首，未辦求封遇萬松。卻笑千年曹孟德，夢中相對也龍鍾。

又

期思溪上日千回。樟木橋邊酒數盃。人影不隨流水去，醉顔重帶少年來。　疎蟬響澀林逾靜，冷蝶飛輕菊半開。不是長卿終慢世，只緣多病又非才。

稼軒長短句卷之九終　淳熙本所無者二十一首